I0686475

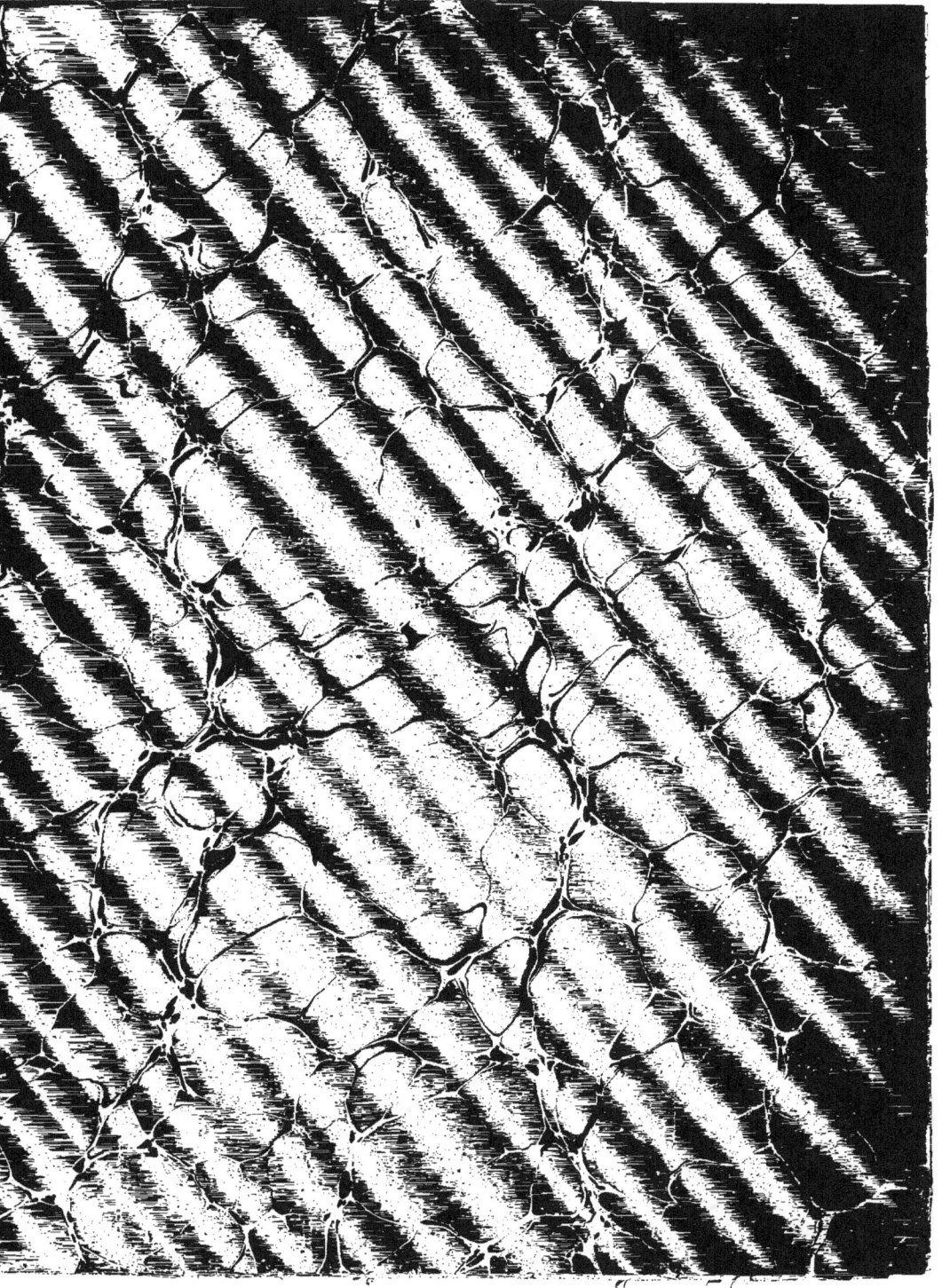

STATUTS

ET

ORDONNANCES

POUR LES MARCHANDS

APOTICAIRES - ÉPICIERS

ET LES MARCHANDS

ÉPICIERS - GROSSIERS - DROGUISTES

DE LA VILLE , FAUXBOURGS ET BANLIEUE DE PARIS.

LANCES ET·PONDERA·SERVANT.

A PARIS,

Chez PRAULT, Imprimeur, Quay de Gêvres, au Paradis.

M. DCC. LXIV.

STATUTS

POUR les Marchands Apoticaires-Epiciers & les Marchands Epiciers de la Ville, Fauxbourgs & Banlieue de Paris.

OUIS, PAR LA GRACE DE DIEU, ROY DE FRANCE ET DE NAVARRE: A tous prefens & à venir ; SALUT. Nos chers & bien-amés les Maîtres & Gardes de la Marchandife d'Epicerie, Apoticairerie, Droguerie & Grofferie, & de toutes Marchandifes d'œuvre de poids de notre bonne Ville, Fauxbourgs & Banlieue de Paris, nous ont très-humblement fait remontrer, que tant à caufe de la néceffité de leur art & trafic par tout notre Royaume, & particulierement en notredite Ville de Paris, Capitale d'icelui, & le féjour ordinaire des Rois nos Prédeceffeurs, & de Nous, de laquelle ils compofent un des principaux Corps & Communautés, & où il fe fait un

A ij

très-grand exercice , trafic & débit des Marchandises de leur art & négoce, néceffaires à toutes fortes de perfonnes , que pour le bien public , commodité & utilité de nos Sujets , confervation & recouvrement de leur fanté ; & afin que ladite Communauté, compofée d'Apoticaires & d'Epiciers unis en un feul & même Corps & Compagnie , & regis fous mêmes Loix , Ordonnances & Statuts , & par mêmes Gardes , fût bien reglée & policée ; & pour éviter aux fraudes , abus , malverfations & monopoles qui fe pourroient commettre , tant en l'achat , que compofition , vente & débit des marchandifes dudit art & négoce , & faire enforte que notredite Ville fût fournie en tout temps defdites Marchandifes , bonnes & loyales , & à jufte prix , nofdits Prédeceffeurs Rois , d'heureufe mémoire , notamment les Rois Charles VIII. en l'an mil quatre cens quatre-vingt-quatre ; Louis XII. en l'an mil cinq cens quatorze ; François premier ès années cinq cens feize & cinq cens vingt ; Charles IX. en cinq cens foixante-onze ; Henry III. en l'an cinq cens quatre-vingt-trois ; & le défunt Roi Henry le Grand , notre très-honoré Seigneur & pere , en l'an cinq cens quatre-vingt quatorze , auroient par leurs Lettres-Patentes fait & ordonné plufieurs Statuts & Ordonnances fur le fait de ladite marchandife , & dudit art d'Apoticairerie , accordé plufieurs priviléges , & établi des Maîtres & Gardes qui devoient être choifis & élus de deux en deux ans , des plus notables & prud'hommes de leurdit Corps & Communauté , pour proceder aux vifitations , tant defdites marchandises , poids & mesures d'icelles , faire saisir & confisquer celles qui se trouveroient n'être pas loyales , faire punir les délinquans , obvier aux abus, malversations & désordres , & tenir la main à l'entretenement & exécution desdits Statuts & Ordonnances , lesquelles nous aurions confirmées par nos Lettres-Patentes des années six cens onze & six cens vingt-quatre , regiftrées & vérifiées , tant en notre Châtelet , & pardevant notre Prevôt de Paris , qu'en notre Cour de Parlement. Mais comme par la suite des années , bien souvent les abus & la corruption se gliffent dans les Compagnies les mieux policées , par la négligence ou connivence de ceux qui font pourvûs aux Charges de Gardes , & ainsi la bonté des marchandises diminue au préjudice du Public. Et comme l'expérience fait connoître plusieurs contraventions , lesquelles du commencement l'on n'auroit pû prévoir : D'ailleurs que quelques particuliers Marchands & Artisans , tant de notredite Ville , que Forains , qui n'ont point fait Apprentissage ni Chef-d'œuvre d'Apoticairerie & Epicérie , & ne font point Maîtres , auroient fait des entreprises & contraventions aufdits Statuts , lesquelles ont donné sujet à divers Procès qui auroient pris trait , & sur lesquels lefdits Gardes ont été contraints d'obtenir diverses condamnations & Arrefts à grands frais ; & qu'encore à préfent ils font moleftés & travaillés en diverses inftances qu'ils font obligés d'intenter & foutenir pour la confervation de leurfdits Statuts & Privileges , même contre les Jurés Apoticaires - Epiciers des

Fauxbourgs de Saint-Germain & Saint-Marcel , du
Bailliage du Palais, Sainte-Genevieve & autres , qui
refufent les vifites ; & encore contre aucuns foi-di-
fans Privilégiés fuivans notre Cour , & autres fe di-
fans & prétendans Apoticaires & Epiciers de notre
grande Ecurie & de notre Arfenal , qui entrepren-
nent de lever boutiques ouvertes en notredite Ville :
Et contre d'autres Marchands Merciers , pour le fait
de la vifite des poids & mefures , dont la garde &
droit de vifite & correction leur appartient de tout
temps , & leur a été commife par les Rois fur toutes fortes de Marchands , Artifans , vendans œuvre de poids:
Comme auffi contre aucuns Marchands Merciers-
Jouailliers , qui auroient entrepris & fe feroient entre-
mis de la vente en détail d'aucunes marchandifes du
fait de l'Epicerie & Apoticairerie , & dont la vente &
débit leur eft interdit & prohibé par les Statuts de
l'Epicerie & Apoticairerie , finon en gros , fous bales
& fous cordes , après l'apport d'icelles au Bureau defdits Apoticaires & Epiciers , & vifitation préalable
d'icelles , par les Gardes & par les formes prefcrites par
lefdits anciens Statuts , Reglemens & Arrefts intervenus fur iceux. Pour à quoi obvier à l'avenir, & rétablir
le commerce & trafic en fon premier luftre , réformer
les abus qui fe font gliffés en l'achat, confection, vente
& débit defdites Drogues , Epiceries & autres Marchandifes, & pourvoir au bien & à l'accroiffement , &
augmentation de notredite Ville de Paris , & à l'entretenement & confervation de la fanté de nos Sujets
en icelle , réprimer tous Procès & différends mûs & à

mouvoir : Pour raison de ce, lesdits Gardes - Apoticaires-Epiciers nous auroient très-humblement fup-
plié leur vouloir continuer & confirmer leurfdits Statuts, Ordonnances, Reglemens & Privileges anciens,
même ajouter à iceux certains articles importans au
Public , & réfultans des Jugemens & Arrefts par eux
obtenus , tant en notredite Cour de Parlement, qu'autres Jurifdictions , fur l'interprétation & exécution
defdits Statuts , & fur ce leur vouloir conceder & ac-
corder nos Lettres-Patentes de confirmation , hum-
blement requerant icelles : P O U R Q U O I Nous , ces
chofes confiderées , defirant favorablement traiter
lefdits Supplians, & pourvoir au bien , utilité & commodité du Public , à la confervation & entretenement
de la vie & fanté de nos Sujets , à la police & entretenement du trafic & commerce , éviter aux abus , fraudes & monopoles , & à ce que notre bonne Ville de
Paris puiffe être fournie en tout temps de bonnes &
loyales marchandifes d'Epicerie , Apoticairerie, Droguerie & Grofferie , qui fe font & croiffent tant en notre Royaume qu'ès Provinces étrangeres , où lefdits
Supplians les vont querir & acheter , & expofent à ce
fujet leurs vies & leurs biens au hafard , & qu'elles n'y
foient point falfifiées , ni fophiftiquées , & s'y puiffent vendre & débiter en tout temps , & à jufte prix.
Après avoir fait voir en notre Confeil lefdits anciens
Statuts, Lettres de confirmation d'iceux , Arrefts &
Reglemens fur ce intervenus , & les articles fuivans ;
pour être ajoutés à iceux : A V O N S de notre grace
fpéciale , pleine puiffance & autorité Royale , dit ,

8

déclaré , statué & ordonné , & par ces Prefentes , di-
fons , ftatuons & ordonnons.

PREMIEREMENT.

QUE lefdits Marchands Apoticaires - Epiciers &
Marchands Epiciers, font & demeureront à l'avenir ,
comme ils ont été par le paffé , unis & incorporés en
un feul & même Corps & Communauté , & régis
fous mêmes Loix , Statuts & Ordonnances , & par
mêmes Gardes , qui feront par eux élus en la forme
& maniere ci-après déclarée , fans qu'à l'avenir ils fe
puiffent féparer pour quelque caufe & occafion que
ce foit.

I I.

POUR le bien & utilité duquel Corps & Communauté , direction & adminiftration des affaires d'icelle,
entretenement & exécution defdits Statuts , demeure-
ra l'établiffement des fix Gardes , trois defquels feront
Marchands Epiciers , & les trois autres, Marchands
Apoticaires-Epiciers , qui auront tous égal & pareil
pouvoir , & feront élus & choifis par chacun an deux:
fçavoir un Marchand Epicier , & un Marchand Apoticaire-Epicier , au lieu des deux anciens fortans au
jour Saint-Nicolas d'hyver , ou autre jour prochain
fuivant , en la maifon & Bureau de leurdite Communauté , pardevant notredit Lieutenant Civil , & notre
Procureur au Châtelet , en la forme & maniere accoutumée , & fuivant la tranfaction paffée entre lefdits
Marchands Apoticaires-Epiciers , & Marchands Epiciers , homologué par Arreft de notredite Cour , du
feiziéme jour de Mai mil fix cens trente-quatre.

I I I.

I I I.

LesQuels Gardes feront élus & choifis gens de probité & expérience, non notés ni diffamés, & à l'élection & nomination defquels, pour éviter dorefnavant à toute confufion & défordre, & aux brigues & monopoles qui fe pourroient faire, affifteront, & feront feulement appellés & mandés tous ceux qui ont été ci-devant en Charge de Gardes, & avec eux vingt-quatre Marchands Apoticaires-Epiciers, & quarante-huit Marchands Epiciers, qui feront nommés & élus par les Gardes, Sçavoir, des anciens qui n'ont été Gardes, des médiocres & des jeunes, lefquels feront tenus fe trouver audit jour auquel ils feront mandés, en leurdite maifon & bureau commun, pardevant notredit Lieutenant Civil, fur peine de quatre livres parifis d'amende contre chacun des abfens & défaillans, finon en cas de maladie ou autre légitime empêchement : & les foixante-douze qui auront été mandés à l'Election, ne pourront être mandés en une autre Election que la troifiéme année fuivante ; & là, après le ferment préalable de bien & fidelement, & en leur confcience proceder à ladite élection & nomination, feront élection d'un Marchand Epicier : & pour l'élection du Garde Marchand Apoticaire-Epicier, fera nommé par les Apoticaires feuls. Lefquels deux Gardes, après leurdite Election, feront tenus prêter autre ferment pardevant notredit Lieutenant Civil, de bien & fidelement faire & exercer ladite Charge de Gardes, proceder exactement & en leurs confciences,

Cet article a *été changé & re-* *formé par la dé-* *claration de Sa* *Majefté du 27* *Avril 1671. ve-* *rifiée au Parle-* *ment le 7 Mai* *fuivant, dont* *voici les ter-* *mes.* Et qu'à l'a- venir l'élection des Maîtres & Gardes Epi- ciers, & dès Maitres & Gar- des Apoticaires au lieu de ceux qui auront fait leur temps, fera faite en la ma- niere accoutu- mée en préfen- ce de notre Lieutenant Gé- néral de Police, & de notre Procureur au Châtelet, au fi- xiéme Décem- bre, ou autre jour fuivant, qui fera mar- qué par notre- dit Lieutenant Général de Po- lice, à laquelle élection fera procedé à l'é- gard du Garde marchand Apo- ticaire en la ma- niere accoutu- mée par lefdits Marchands A- poticaires feuls; & quant à l'é- lection du Gar- de Marchand

B

Epicier sera aussi procedé par lesd. Marchands Epiciers, soit qu'ils soient Apoticaires-Epiciers, ou Epiciers seulement ; aux visites, tant générales que particulieres, & de tenir la main à l'entretenement & exécution desdits Statuts & Ordonnances.

lesdits Marchands Apoticaires - Epiciers n'ayant droit d'assister à ladite élection du Garde Epicier, qu'en qualité d'Epiciers seulement. Pour cet effet , sera fait une liste de tous les Marchands Epiciers , dans laquelle seront aussi compris les Marchands Apoticaires-Epiciers par ordre de réception , laquelle sera divisée en trois classes, & de chaque classe sera pris & nommé pour proceder à ladite élection (outre les anciens) vingt-quatre Electeurs , en la maniere accoutumée , par les six Gardes en Charge également, avec la liberté de choisir & nommer indifféremment pour lesdites élections , tels des Marchands Epiciers de chacune desdites Classes que bon leur semblera , soit qu'il soit Marchand Apoticaire-Epicier , ou Marchand Epicier seulement ; & ne pourront ceux d'une Classe qui auront été nommés & choisis une année , être nommés & choisis de nouveau pour un des vingt-quatre Electeurs de ladite classe , que trois ans après avoir été une fois choisi & nommé.

I V.

SERONT lesdits Gardes tenus de proceder aux visites générales trois fois du moins par chacun an , chez tous les Marchands Apoticaires - Epiciers , & Marchands Epiciers , demeurans tant en notredite Ville , que Fauxbourgs & Banlieue d'icelle , sans pour ce être tenus demander aucune permission ni *pareatis* des Seigneurs , Hauts Justiciers desdits Fauxbourgs & Banlieue , ni de leurs Officiers en la maniere accoutumée.

V.

PROCEDERONT encore lesdits Gardes aux visites générales & réformation des poids , balances & mesures sur tous les Marchands & Métiers de notredite Ville , Fauxbourgs & Banlieue , vendans & débitans leurs marchandises au poids , comme leur ayant été de tout temps & ancienneté commise la garde de l'estalon desdits poids & mesures. Et s'il s'y trouve aucune fraude , fausseté , ou malversatio

les faifies & rapports en feront faits par eux pardevant notre Prevôt de Paris, en la maniere accoutumée.

V I.

L' u n defquels fix Gardes fera Receveur des de-
niers communs de ladite Communauté , l'élection
duquel Receveur fera faite alternativement d'un
Marchand Apoticaire - Epicier , ou d'un Epicier
fucceffivement , & ce feulement par ceux qui auront
été en Charge de Gardes de ladite marchandife , &
non par d'autres ; lequel fortant de charge fera tenu
de rendre compte fommairement & fans frais pardevant les Gardes qui feront en Charge dans leurdite maifon & bureau commun ; & ce , en la préfence des anciens qui ont paffé par les Charges de
Gardes , & mettra le fonds , fi aucun lui refte , ès
mains du Receveur qui lui fuccédera , & fera élu
& nommé en fa place , qui s'en chargera : le tout
fuivant l'Arreft du fixiéme Mai mil fix cens trente-
quatre ; & où ledit rendant compte fe trouveroit
créancier , pour avoir plus déboursé que reçu , il en
fera remboursé par celui qui fuccédera en ladite Charge
de Receveur.

V I I.

N u l ne pourra être reçu Marchand Apoticaire-
Epicier , ni Marchand Epicier , s'il n'eft originaire
François , & né fujet du Roy , ou qu'il n'ait obtenu
de Nous Lettres de naturalité , dûement vérifiées où
befoin fera.

V I I I.

SERONT tenus ceux qui aspireront à la Maîtrise, faire leur apprentissage par le temps & espace de quatre ans entiers pour les Apoticaires-Epiciers, & trois ans pour les Marchands Epiciers, & cependant demeurer en la maison & boutique d'un Maître, y servant actuellement, & exerçant ladite marchandise : Lors de laquelle entrée sera passé brevet d'apprentissage pardevant Notaires, qui sera dûement controllé par lesdits Gardes, & immatriculé, être par ledit Aspirant reçu en son rang : & après lesdits quatre ans expirés, pour lesdits Apoticaires, & trois ans pour les Epiciers, ceux qui se voudront faire recevoir Maîtres, seront tenus de rapporter ledit brevet d'apprentissage, avec la quittance & le certificat & attestation du Maître chez lequel il aura fait sondit apprentissage, comme il l'aura bien & fidellement servi : Outre lequel temps d'apprentissage, ceux qui aspirent à se faire recevoir Maîtres Apoticaires, seront tenus de servir les Maîtres dudit art pendant le temps & espace de six ans, soit en cette Ville de Paris, ou ailleurs. Et ceux qui se voudront faire recevoir Marchands Epiciers, trois années, & rapporteront certificat desdits services ; & ne pourra chaque Maître avoir & tenir qu'un seul Apprentif, & n'en pourra prendre qu'un an après que celui qu'il avoit sera sorti. Ce fait, seront les Aspirans diligemment examinés par lesdits Gardes sur le fait de la marchandise & art, & choses en dépendantes, & feront le Chef-d'œuvre qui leur sera

donné & prefcrit par lefdits Gardes : Et fi par la
confection d'icelui, ils fe trouvent capables, ils feront par eux admis en leur Compagnie & Communauté, en faifant toutefois par l'Afpirant le ferment
en tel cas requis & accoutumé, pardevant le Subfti-
tut de notre Procureur Général au Châtelet, de bien
& fidellement proceder au fait dudit art & marchandife, & confection, vente & débit des ouvrages en
dépendans, garder & obferver les Ordonnances de
Police, & Statuts d'icelui.

I X.

E т pour le regard des Afpirans Apoticaires, auparavant qu'ils puiffent être obligés chez aucun
Maître dudit art, il fera tenu l'amener & préfenter
audit bureau pardevant les Gardes, pour connoître
s'il a étudié en Grammaire, & s'il eft capable d'ap-
prendre ledit art : Et après qu'il aura parfait fon
temps d'apprentiffage, pendant les quatre ans ci-
deffus déclarés, & fervi les Maîtres fix ans, & rap-
porté fon brevet & certificat, il fera prefenté aufdits
Gardes Apoticaires par fon Conducteur, pour lui
être donné jour, pour fubir l'examen ; auquel affifteront tous les Maîtres, dont ils feront avertis par
l'un des Courratiers, avec les Docteurs de la Facul-
té, Lecteurs en Pharmacie, & fera interrogé du-
rant le temps & efpace de trois heures par lefdits
Gardes, & par neuf autres Maîtres qui feront nommés par lefdits Gardes : Et ceux qui auront été
nommés une fois pour ledit interrogatoire, ne pourront être nommés de deux ans après, afin que tous

puiſſent avoir ſucceſſivement l'honneur dudit interrogatoire.

X.

APRE's lequel premier examen , ſi ledit Aſpi-
rant eſt trouvé capable à la pluralité des voix , il
lui ſera donné jour par leſdits Gardes , pour ſubir le
ſecond examen , appellé l'acte des Herbes , qui ſera
fait en la préſence des Maîtres & Docteurs , comme
le précedent.

X I.

CE fait , s'il eſt trouvé capable , lui ſera baillé
Chef-d'œuvre par leſdits Gardes , qui ſera de cinq
compoſitions , comme il eſt accoutumé ; Lequel
Chef-d'œuvre ayant été par lui diſpenſé , il ſera la
démonſtration de toutes les Drogues entrant en icelui , auparavant que d'en faire la compoſition en
préſence deſdits Maîtres & Gardes : Et s'il ſe trouve
quelque Drogue défectueuſe ou mal choiſie , elle
ſera changée avant qu'il puiſſe travailler à la confection de ſondit Chef-d'œuvre : Lequel il diſpen-
ſera , & en fera les préparations & mêlanges en la
préſence de tous les Maîtres , à chacun deſquels
ſera baillée une Carte imprimée dudit Chef-d'œuvre , pour connoître ſi toutes choſes y ſeront bien
obſervées.

X I I.

ET pour le regard des enfans des Marchands Epiciers , ils ſeront reçus en ſubiſſant par eux l'examen
ſeulement , ſans être tenus de faire aucun Chef-d'œuvre.

X I I I.

E t pour le regard des enfans des Maîtres Apoticaires , feront feulement tenus de fubir le premier
examen en la préfence de deux Docteurs de la Fa-
culté de Médecine , Lecteurs en Pharmacie , & de
tous les Maîtres dudit art qui y voudront affifter ,
& faire le Chef-d'œuvre qui leur fera ordonné par
lefdits Gardes , de deux compofitions feulement , &
faire le ferment pardevant le Lieutenant Civil en
la préfence defdits Docteurs & defdits Gardes Apoticaires-Epiciers : Duquel examen & Chef-d'œuvre feront lefdits Maîtres dûement avertis par l'un
defdits Courratiers , tenus d'y affifter : & lorfqu'ils
auront été reçus Maîtres , payeront comme tous les
autres Maîtres , chacun feize fols par an , pour le droit
de Confrérie.

X I V.

E t quant aux femmes veuves defdits Marchands
Apoticaires - Epiciers , & Maîtres Epiciers , elles
pourront , & leur fera loifible de mener & continuer
le trafic dudit art & marchandife , & pour cet effet
tenir boutique ouverte en notredite Ville , ou aux
Fauxbourgs d'icelle , tout ainfi que fouloient faire
leurs maris de leur vivant , & ce tant & fi longue-
ment qu'elles demeureront en viduité , fans que
pour raifon de ce , elles foient tenues de payer aucune
chofe à ladite Confrérie , finon lefdits feize fols par
an & droits de Vifite : à la charge toutefois qu'elles
feront tenues pour la conduite de leur boutique ,
confection , vente & débit de leur marchandife ,

prendre & tenir en leurfdites boutiques un bon Serviteur, expert & connoiffant au fait dudit art & marchandife, qui fera examiné & approuvé par lefdits Gardes ; & feront lefdites Veuves & lefdits Serviteurs par elles commis, tenus de faire & prêter le ferment de bien & fidellement proceder & s'employer à la confection, vente & débit defdites marchandifes, & de garder nos préfentes Ordonnances. Et ne pourront lefdites Veuves recevoir & obliger aucuns Apprentifs, ni ceder leur boutique à aucun ferviteur, fi elles ne font actuellement demeurantes ès maifons & boutiques avec ledit ferviteur, & que le négoce & trafic s'exerce en leur nom.

X V.

E T néanmoins, au cas que le Maître d'aucun Apprentif viendroit à déceder pendant le temps de fon Apprentiffage, il pourra achever fondit temps en la maifon de la Veuve dudit défunt.

X V I.

N E pourront les Marchands Epiciers s'entremettre du fait d'Apoticairerie, ni avoir & tenir ferviteurs en leurs boutiques, qui fe mêlent & entremettent dudit fait & marchandife d'Apoticairerie, confection, vente & débit des Médecines, compofitions, huiles & fyrops, particulierement attribués audit art par les Reglemens intervenus entre lefdits Apoticaires, s'il n'eft lui-même reçu Maître Apoticaire, & fait fon Apprentiffage chez un Maître, pendant le temps & efpace de quatre ans fait

le

le ferment , & gardé les folemnités requifes , pour parvenir à la Maîtrife dudit Art de Pharmacie , comme il eſt preſcrit ci-deſſus.

XVII.

ET parce que dudit Art & marchandiſe dépendent les confeçtions & compofitions , vente & débit des ſyrops , huiles , conſerves , miel , ſucres , cires , baumes , emplâtres , onguens , parfums , poudres , pruneaux , figues , raiſins & autres drogues & épiceries , la connoiſſance des ſimples & des métaux & minéraux , & autres ſortes de drogues qui entrent & s'appliquent au corps humain , & ſervans à l'entretenement & conſervation de la ſanté de nos Sujets , où il eſt requis une longue expérience ; Et le recouvrement deſquelles drogues , épiceries & marchandiſes , notamment de celles qui croiſſent aux Provinces étrangeres & difficiles , & ſont bien ſouvent les Marchands contraints de faire de longs & périlleux voyages ès Pays & Royaumes étrangers , où ils haſardent leurs vies & leurs biens , ce qui mérite quelque privilege ſpécial & particulier : Et d'ailleurs qu'en ce qui concerne la ſanté des hommes , l'on n'y peut être trop circonſpeçt, parce que bien ſouvent la premiere faute n'eſt pas réparable ; Nous , enſuite des Privileges accordés par nos Prédéceſſeurs Rois , aux Marchands Epiciers & Maîtres Apoticaires-Epiciers , avons ſtatué & ordonné , ſtatuons & ordonnons par ces Préſentes , que doreſnavant ne ſera fait , créé , ni reçu aucun Maître de Lettres deſdits Art & Marchandiſes , pour quel-

C

que caufe & occafion que ce foit , quoique privi-
legié : Dérogeans pour cet effet à toutes Lettres qui
pourroient être de Nous obtenues , contraires audit
préfent article ; & aufquelles , fi aucunes étoient de
Nous obtenues par furprife , importunité , ou autrement, Nous défendons à tous Juges d'avoir égard.

X V I I I.

Q u e toutes Marchandifes d'Epiceries & Drogueries entrans au corps humain , qui feront ame-
nées à Paris , feront defcendues en leur maifon &
bureau , fis au Cloître Sainte-Opportune , pour être
là vûes & vifitées par les Gardes de l'Epicerie & Apoticairerie , auparavant que d'être tranfportées ailleurs , & encore qu'elles appartiennent à Marchands
Bourgeois de cette Ville de Paris , & qu'ils les euf-
fent achetées ailleurs pour continuer le train de leurs
marchandifes , nonobftant toutes Ordonnances à
ce contraires , que lefdits Bourgeois de Paris fe vou-
luffent prétendre Marchands Merciers , ou d'autres
vacations , pour éviter aux inconvéniens qui peuvent avenir par faute de ladite vifitation ; & ce , fur
peine de confifcation defdites marchandifes , lefquel-
les auroient été defcendues à Paris , ou autrement.
Et lefdites marchandifes defcendues audit lieu , feront les Gardes Epiciers & Apoticaires tenus icelles
vifiter , & en faire leur rapport dans vingt-quatre
heures , après qu'ils auront été avertis de la def-
cente , fur peine de tous dépens , dommages & in-
terêts , pour le féjour du Marchand , & de vingt

livres parifis d'amende envers le Roi, pour la premiere fois , & de privation de l'état pour la deuxiéme : Et ladite vifitation faite , lefdits Marchands pourront faire tranfporter leurs marchandifes en leurs maifons & boutiques pour en faire leur profit. Et au regard des Forains & Etrangers , l'expoferont en vente en ladite maifon , à tel prix que bon leur femblera : Et pour ce faire , auront trois jours de Marchés, francs & confécutifs ; lefquels paffés , feront tenus de la mettre au rabais , à tel prix qu'il leur fera ordonné par le Prevôt de Paris , ou fon Lieutenant Civil , fur le rapport qui lui en fera fait par lefdits Gardes, lefquels Gardes feront tenus d'avertir ledit Prevôt de Paris, ou fondit Lieutenant dedans le prochain jour de marché , après lefdits trois jours de marchés expirés , fur pareilles peines que deffus.

X I X.

Que nul ne fe pourra entremettre de débiter en détail toutes fortes de marchandifes d'Epiceries & Drogueries entrans au corps humain , s'il n'eft Maître Apoticaire & Epicier , chacun felon fon regard ; mais feront tenus tous les Marchands , tant de cette Ville , que Forains , de vendre les piéces en balles, caiffes , tonneaux , barils , paniers entiers , en facs & fous cordes , fans les pouvoir débiter en détail , comme dit eft.

X X.

Item , parce qu'il eft très-néceffaire que ceux qui traitent la vie des hommes , & fervent à l'entrete-

nement , recouvrement & confervation de leur fanté , & qui ont le maniement , confection & difpenfa-
tion des Médecines , Drogues fimples & compofées ,
& Epiceries qui entrent & s'appliquent au corps humain , foient dûement verfés & expérimentés audit
Art & Marchandife , & qu'il feroit périlleux que
d'autres s'en entremettent ; Nous défendons à toutes
fortes de perfonnes , de quelque qualité & état qu'ils
foient , de s'entremettre & entreprendre de compofer,
vendre & diftribuer , foit publiquement ou autrement
en ladite Ville , Fauxbourgs & Banlieue , aucunes
Médecines , Drogues , Epiceries fimples ou compofées , Conferves , Confections , Syrops , Huiles d'olive,
& autres propres à manger , & entrans au corps humain , & fervans à la confection defdites Médecines,
Poudres, Figues, Pruneaux , Sucres , Ouvrages de cire,
Marchandifes d'œuvre de poids , & de la Marchandife d'Epicerie , ou autres de l'Art d'Apoticairerie &
Pharmacie , s'il n'a été Apprentif , fait Chef-d'œuvre , & reçu Maître Apoticaire - Epicier , & fait le
ferment & payé les droits , comme il a été déclaré &
fpécifié ci-deffus : Le tout à peine de confifcation defdites Marchandifes , & de cinquante livres parifis
d'amende , auffi applicable , le tiers à Nous , l'autre
tiers aux affaires de ladite Communauté , & l'autre
tiers aux pauvres d'icelle Communauté.

X X I.

ET pour obvier aux fraudes & monopoles qui fe
pourroient commettre par lefdits Marchands forains,

ou autres de notredite Ville & Fauxbourgs , en la vente
& débit defdites Marchandifes , nul , foit Marchand
Epicier , ou Apoticaire-Epicier , ni autres Marchands,
de quelque qualité ou condition qu'ils foient , ne
pourront faire acte de Courratier & Commiſſion-
naire , ni vendre & diftribuer aucunes defdites Marchandifes d'Epicerie , Droguerie & Groſſerie , pour
étrangers , ou autres perfonnes, que pour eux , & à
leur profit , foit par fecrette commiſſion ou autrement ,
fur les mêmes peines que deſſus.

X X I I.

DEFFENDONS à tous Hôtelliers de notredite
Ville & Fauxbourgs , d'expofer ni fouffrir être ex-
pofé en vente aucunes Marchandifes pour eux , ou
pour les Marchands forains & étrangers , à peine de
confifcation & d'amende , & de s'en prendre à eux;
lefquels Hôtelliers feront tenus avertir lefdits Marchands forains & étrangers , logeans en leurs maifons , qu'ils n'y en peuvent vendre , & qu'ils font tenus faire mener leurs Marchandifes au Bureau defdits Maîtres & Gardes , fis au Cloître Sainte - Op-
portune.

X X I I I.

COMME auſſi nous faifons défenfes à tous Marchands d'acheter lefdites Marchandifes hors dudit Bureau & maifon commune , fous pareille amende de
dix livres parifis.

X X I V.

ET pour ce qu'ils font contraints bien fouvent de
faire de longs voyages ès Royaumes étrangers , pour

le recouvrement & achat des marchandifes dudit
Art , où ils hafardent leurs perfonnes & leurs biens ;
& n'y trouvant pas ce qu'ils cherchent , ils font contraints , pour fauver partie de leurs frais , d'acheter
& prendre en troc & échange d'autres marchandifes
que dudit Art.

X X V.

Pourront lefdits Marchands Epiciers & Apoticaires-Epiciers , faire venir librement à leurs rifques,
périls & fortunes , tant par mer que par terre , defdits
Pays , Provinces & Royaumes étrangers, & de notre
obéiffance, toutes fortes de Drogues , Epiceries , Grof-
feries , & autres marchandifes , en payant toutefois
nos Droits d'entrées ordinaires & accoutumés , & icelles vendre & débiter , tant en gros qu'en détail , en
leurs maifons & boutiques.

X X V I.

Ne pourront lefdits Marchands-Epiciers , ou Apoticaires-Epiciers , employer en la confection de leurs
Médecines , Drogues , Confitures , Conferves , Huiles
& Syrops , aucunes Drogues fophiftiquées, évantées ou
corrompues , ni mêler ou employer en leurs ouvrages
de cire , aucune vieille cire avec la neuve , ni aux ouvrages de fucre , de vieux fyrops , ains feront lefdits
ouvrages pareils deffus que deffous , à peine de confifcation defdites drogues, marchandifes & ouvrages ,
même être icelles brûlées devant le logis de ceux qui
s'en trouveront faifis , de cinquante livres d'amende, &
de punition exemplaire , s'il y échet.

XXVII.

ITEM, toutes pailles, poudres, criblures ou gra-
beaux, tant defdites Drogues, qu'Epiceries, font con-
damnées & défendues fur les mêmes peines que deffus : Et ne pourront lefdits Epiciers, ou Apoticaires-
Epiciers, vendre, ni avoir en leurs boutiques aucunes cires graffes, gommées, mixtionnées ou fophiftiquées, fur les mêmes peines que deffus.

XXVIII.

ET pour obvier aux fraudes & abus qui fe font
commis ci-devant aux ouvrages & manufactures de
cire, Nous ordonnons que tous lefdits ouvrages feront de pure cire, non-mêlée ni fophiftiquée d'aucune
cire graffe ou raifine ; qu'aufdits ouvrages y fera mis
& appofé la marque, tant du poids d'iceux, que la
marque particuliere de celui qui les aura faits & ma-
nufacturés ; que les torches feront de longueur com-
pétente : fçavoir, celles de deux livres auront cinq
pieds de longueur ; celles d'une livre & demie, quatre pieds & demi ; celles d'une livre, quatre pieds ;
celles de douze onces, trois pieds & demi ; & celles
de demi livre, trois pieds, & feront lefdites torches
bien & dûement couvertes; & fe péferont tous lefdits
ouvrages de cire à feize onces pour livre ; le tout fur
les mêmes peines de confifcation, de cinquante
livres d'amende, & punition exemplaire, s'il y
échet.

XXIX.

QUE s'il furvient quelques affaires importantes
à la Communauté, pourront lefdits Gardes, faire

affembler audit Bureau tous les Anciens qui auront paffé par les Charges , en la préfence defquels ils propoferont l'affaire ; & ce qui fera conclu & réfolu à la pluralité des voix des anciens Gardes , fera fuivi & obfervé par toute la Compagnie , & de tel effet , comme fi tous les Marchands Epiciers & Maîtres Apoticaires y avoient été appellés : Et feront lefdits Anciens tenus de fe trouver audit Bureau au mandement defdits Gardes , à peine de quatre livres parifis d'amende contre les défaillans , s'il n'y a excufe légitime ; & fera la réfolution & délibération inferée & tranfcrite au Livre defdites délibérations.

X X X.

LESQUELS Maîtres & Gardes feront tenus de délivrer certificat au vrai de la valeur des cires , tant du paffé que de l'avenir , conformément aux ventes qui en auront été faites en leur Bureau & maifon commune , toutefois & quantes qu'ils en feront requis par les principaux Officiers de la Chancellerie de France , & fans frais.

SI DONNONS EN MANDEMENT à nos amés & feaux Confeillers de notre Cour de Parlement , & à notre Prevôt de Paris , ou fon Lieutenant Civil , chacun en droit foi , que de nos préfentes Lettres de renouvellement , confirmation & augmentation aufdits anciens Statuts , ils faffent & fouffrent pleinement & paifiblement jouir lefdits Supplians , & les faffent publier & regiftrer par tout

où

où besoin sera : CAR tel est notre plaisir. DONNE'
à Saint-Germain en Laye , le vingt-huitiéme jour de
Novembre , l'an de grace mil six cens trente-huit ,
& de notre Regne le vingt-neuviéme.

Signé , L O U I S.   *Et à côté* , Visa.

Et plus bas : Par le Roy , PHELYPEAUX. Et scellé
du Grand Sceau de cire verte , en lacs de soie rouge
& verte.

Et au-dessous est écrit :

Registrées , oui le Procureur Général du Roy , pour
être exécutées selon leur forme & teneur. A Paris , en
Parlement , le neuviéme jour de Décembre mil six cens
trente-huit.   Signé , G U Y E T.

Et à côté est encore écrit.

Registrées au douziéme volume des Bannieres,Registre
ordinaire du Châtelet de Paris , suivant & pour satis-
faire à la Sentence rendue cejourd'hui audit Châtelet ;
& ce requerant lesdits Maîtres & Gardes de la Mar-
chandise d'Epicerie , Apoticairerie & Grosserie de cette
Ville , Fauxbourgs & Banlieue de Paris , pour leur ser-
vir & valoir ce que de raison. Ce fut fait audit Châtelet
de Paris , le Mardi quatorziéme jour de Décembre mil
six cens trente-huit.
              Signé , F A U S S E T.

                                 D

EXTRAIT DES REGISTRES
du Conseil Privé du Roy.

ENTRE les anciens Gardes des Marchandises d'Epicerie & Apoticairerie de Paris, Demandeurs en Requête, suivant l'Arrêt du Conseil du vingt-cinquiéme Janvier mil six cens trente - neuf, d'une part : Et les Maîtres & Gardes de la Marchandise d'Epicerie & Apoticairerie de Paris, Jean Chesneau, l'un des Maîtres & Gardes de la Communauté des Marchands Apoticaires de ladite Ville, Pierre Sussevin, Pierre Thibaud, Denis Heron, Nicolas Viser, Simeon de Sequeville, Jean de Beaumont, Silvain Roger, Nicolas Foucault, Claude Fontaine, Matthieu Franchomme & Consorts, faisant la plus grande & saine partie de ladite Communauté desdits Apoticaires ; Claude Aubry, Doyen, Claude Julien, Pierre Poulaer, Guichard le Gendre, Jean Vassart, Jean Tonnelier, Louis Lubin, & autres Marchands Epiciers de ladite Ville & Fauxbourgs de Paris, Défendeurs, d'autre : Et encore lesdits Maîtres & Gardes de la Marchandise d'Epicerie & Apoticairerie, Demandeurs en Requête verbale du vingt-troisiéme Février audit an, d'une part ; & lesdits anciens Gardes, Aubry, Chesneau & Consorts, Défendeurs, d'autre, sans que les qualités puissent nuire ni préjudicier aux Parties. Vû par le Roy en fon Confeil ladite Requête dudit jour **25**. Janvier **1639**. à ce que les Maîtres & Gardes, tant de ladite Marchandife d'Epicerie qu'Apoticairerie , & lefdits Aubry , Chefneau & autres , fuffent affignés audit Confeil , pour voir dire que les Arrêts du Parlement de Paris , des douze & quatorziéme dudit mois de Janvier , par eux obtenus en oppofition à l'exécution de l'Arrêt de vérification des Statuts defdits Demandeurs , du neuviéme Décembre mil fix cens trentehuit , & enregiftrement d'iceux pardevant le Prevôt de Paris , le quatorziéme defdits mois & an , feront rapportés comme contraires aufdits Statuts & Arrêt de vérification , & fans y avoir égard, les parties remifes en tel état qu'elles étoient auparavant iceux Arrêts, & lefdits Statuts & Article III. d'iceux confirmés , pour en jouir par lefdits Supplians conformément à iceux. Et ce faifant , qu'à l'élection des Gardes-Epiciers, tous les Anciens qui ont exercé la Charge de Gardes feront appellés , avec quarantehuit Marchands Epiciers, & vingt-quatre Marchands Apoticaires-Epiciers , & les Gardes en charge : Et à l'égard des Gardes-Apoticaires , lefdits Anciens qui ont paffé par les Charges de Gardes Apoticaires , & les vingt-quatre Apoticaires qui auront auffi affifté à l'élection des Gardes Epiciers , y feront appellés avec les Gardes qui feront en Charge , & non plus. Et cependant défenfes aufdits Maîtres & Gardes Aubry & Conforts , de mettre à exécution lefdits Arrêts , ni de proceder à l'élection defdits Gardes Epiciers & Apoticaires , & de pourfuivre lefdits De-

D ij

mandeurs ailleurs qu'audit Conseil , jusqu'à ce qu'autrement par Sa Majesté en ait été ordonné. Arrêt sur icelle dudit jour , portant que les Parties seroient assignées audit Conseil à huitaine ; & cependant par maniere de provision, & sans préjudice du droit des Parties au principal , ordonné , conformément aux Statuts , qu'à l'élection desdits Gardes Epiciers seront appellés les Anciens qui ont exercé lesdites Charges de Gardes, avec quarante-huit Epiciers , vingt-quatre Apoticaires , & les Gardes étant en Charge ; comme aussi à l'élection desdits Gardes Apoticaires seront appellés ceux qui ont été Gardes desdits Apoticaires. Ensemble les vingt-quatre Apoticaires qui auront assisté à l'élection desdits Gardes Epiciers , avec les Gardes desdits Apoticaires qui sont en Charge, & non plus ; le tout jusqu'à ce qu'autrement par Sa Majesté en ait été ordonné : ce faisant , sursis l'exécution desdits Arrêts , & toutes poursuites ailleurs qu'audit Conseil , pour raison de ces Exploits d'assignations donnés au Conseil ausdits Défendeurs, du dernier dudit mois. Ladite Requête verbale dudit jour 23 Février 1639. inserée dans l'appointement de Reglement , à ce que les Statuts de l'Apoticairerie & Epicerie de Paris soient observés & gardés , conformément audit Arrêt du 25 Janvier , nonobstant , & sans avoir égard ausdits Arrêts du Parlement de Paris , des 12. 14. & 29. dudit mois de Janvier. Opposition formée par lesdits Chesneau & Consorts , & ce qui en pourroit être ensuivi audit Parlement, Lesdits Statuts accordés par Sa Majesté du

28. Novembre 1638. regiſtrés au Parlement , & pardevant le Prevôt de Paris , les 9. & 14. Décembre
audit an. Copie d'Arrêt dudit Parlement de Paris du
29. Juillet 1559. portant Reglement pour le fait
deſdites élections. Ledit Arrêt dudit Parlement du
12. Janvier 1639. donné ſur l'oppoſition deſdits Chefneau & Conſorts à l'exécution du troiſiéme article
deſdits Status. Lettres-Patentes & Arrêt de vérification , par lequel faiſant droit ſur ladite oppoſition ,
eſt ordonné que ledit Arrêt de Reglement du 29.
Juillet 1559. ſera exécuté ; & ce faiſant, qu'à l'élection & nomination des Gardes Apoticaires , & à
l'acte de démonſtration des Drogues , tous les Maîtres Apoticaires y ſeront appellés , & y auront voïx
élective & délibérative en la maniere accoutumée :
Et pour le ſurplus , ſeront leſdits Statuts exécutés ſe-
lon leur forme & teneur , ſans préjudice de l'oppoſition à l'article qui regarde l'élection des Gardes de
l'Epicerie. Ledit Arrêt du Parlement du quatorze dudit mois , portant qu'à l'élection des Gardes
Epiciers , ſeront appellés par les Gardes qui ſeront
en Charge , quarante-huit Marchands Epiciers , &
vingt-quatre Apoticaires , qui ſeront pris des trois
Claſſes , ſuivant l'ordre du tableau : Et outre ce , y
pourront aſſiſter dix des autres qui ont été ci-devant en Charge de Gardes. Autre Arrêt dudit Parlement du vingt-neuf dudit mois , portant que dans
huitaine leſdits Maîtres & Gardes ſatisferont audit
Arrêt du quatorze du mois , & ſuivant icelui , feront procéder à l'élection deſdits Gardes ; autrement,

à faute de ce faire, ledit temps paffé, fera procédé
à icelle en vertu dudit Arrêt, lefdits Maîtres &
Gardes préfens, où dûement appellés. Appointement
de Reglement d'entre les Parties, du vingt-trois Février dernier. Ecritures & productions defdites Parties, & tout ce que par elles a été mis & produit
pardevers le fieur de Vertamont, Commiffaire à ce
député. Oui fon Rapport, & tout confideré; LE
ROY EN SON CONSEIL, faifant droit fur le
tout, a ordonné & ordonne, que nonobftant l'article III. defdits nouveaux Statuts, en ce qui regarde
lefdits Apoticaires, l'Arrêt de ladite Cour de Parlement de Paris du 29. Juillet 1559. fera exécuté, gardé & obfervé: Ce faifant, à l'élection des Gardes
defdits Apoticaires, & à l'acte de démonftration des
Drogues, tous les Maîtres Apoticaires feront appellés, & y auront voix élective & délibérative en la
maniere accoutumée. Et pour le furplus, lefdits nouveaux Statuts feront exécutés, gardés & obfervés
felon leur forme & teneur, même ledit Article III.
pour ce qui concerne l'élection des Gardes defdits
Epiciers, laquelle fe fera en la maniere portée par
ledit article, fans dépens. FAIT au Confeil Privé
du Roy, tenu à Paris le huitiéme jour de Juillet mil
fix cens trente-neuf.

Signé par collation, CARRÉ.

LOUIS, par la grace de Dieu, Roy de France
& de Navarre: Au premier des Huiffiers de

nos Confeils , ou autre notre Huiffier ou Sergent
fur ce requis ; SALUT. Nous te mandons, & enjoi-
gnons , que l'Arreft de notre Confeil , ci-attaché
fous le contre-fcel de notre Chancellerie , cejour-
d'hui donné entre les anciens Gardes des Marchandifes d'Epicerie & Apoticairerie de Paris ,
Demandeurs , d'une part : Et les Maîtres & Gardes
de la Marchandife d'Epicerie & Apoticairerie de
ladite Ville , Jean Chefneau , l'un des Maîtres &
Gardes de la Communauté des Marchands Apoticaires de ladite Ville , & autres y dénommés , &
Défendeurs , d'autre : Et encore lefdits Maîtres &
Gardes de la Marchandife d'Epicerie & d'Apoticairerie , Demandeurs ; & lefdits anciens Gardes,
Aubry , Chefneau & Conforts , Défendeurs, d'autre : Tu fignifies aufdits Marchands Epiciers , &
tous autres qu'il appartiendra , à ce qu'ils n'en pré-
tendent caufe d'ignorance , & ayent à y obéir ; leur
faifant de par Nous inhibitions & défenfes d'y con-
trevenir , ni attenter aucune chofe au préjudice
d'icelui , à peine de tous dépens , dommages & in-
térêts : De ce faire , & tous autres Actes & Exploits,
& Significations requifes & néceffaires pour l'en-
tiere exécution de notredit Arrêt , à la Requête
defdits Maîtres & Gardes Epiciers & Apoticaires ,
te donnons plein pouvoir , fans que tu fois tenu
demander aucune permiffion ; CAR tel eft notre
plaifir. DONNE' à Paris le huitiéme jour du mois
de Juillet , l'an de grace mil fix cens trente-neuf ,
& de notre Regne le trentiéme. *Signé*, Par le Roy

en son Conseil , CARRÉ. Et scellé du Grand Sceau de cire jaune sur simple queue , & contre-scellé.

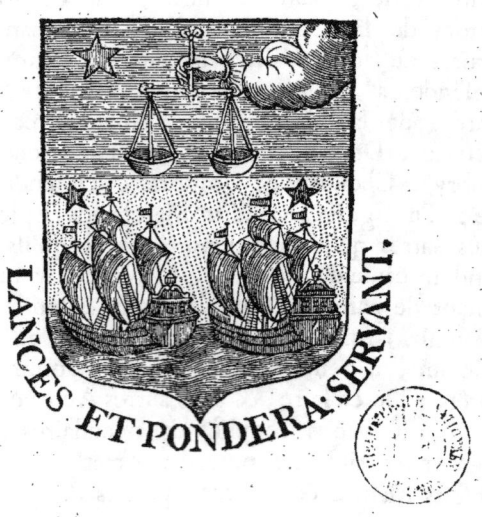

LANCES ET·PONDERA·SERVANT.

ARREST

www.ingramcontent.com/pod-product-compliance
Lightning Source LLC
Chambersburg PA
CBHW061703180626
46818CB00003B/1235